LA

QUESTION THÉATRALE

PAR UN

COMÉDIEN DE PROVINCE

**LES PRIVILÉGES — LE DIRECTEUR — LE RÉPERTOIRE
LES AUTORITES — LES DÉBUTS — LES ENGAGEMENTS
LES APPOINTEMENTS — L'ARTISTE — LE CORRESPONDANT
LA RÉFORME THÉATRALE.**

NOVEMBRE 1863.

MOULINS

Imprimé chez ENAUT, rue Saint-Pierre.

AVANT-PROPOS.

A la suite du discours prononcé par S. M. l'Empereur, où il est question d'une réforme théâtrale, je viens, moi, modeste artiste de province, demander aux auteurs, aux directeurs, aux artistes, principalement à la presse qui peut beaucoup et aux bureaucrates chargés de ce travail, de vouloir bien accueillir les quelques réflexions qui me sont venues à propos de cette réforme annoncée et désirée depuis si longtemps ; car il me semble que les directeurs et les artistes étant le plus en jeu dans cette question si difficile à résoudre, ils doivent être à même de connaître les moyens de sortir de cet embarras momentané.

On me permettra donc de mettre à découvert les abus et les plaies du théâtre qui sont je crois, les seules causes de la décadence théâtrale en province. Seulement, je ferai bien observer que je ne fais pas une généralité, mais une majorité de deux tiers environ, et que si je ne parle pas de quelques réformes utiles qui ont été faites, c'est que les choses raisonnables étant toujours admises, il est inutile de les discuter.

En dernier lieu, si mon avis n'est pas réalisable, je suppose qu'il servira à éclairer les personnes qui s'intéressent à l'avenir du théâtre et à les instruire de mille abus qui se forment de jour en jour ; de sorte que, connaissant la cause, ils pourront empêcher l'effet.

Afin d'être le plus clair et le plus précis possible, je prendrai toutes les phases du théâtre séparément, isolément.

Partout on se plaint de la décadence théâtrale. A qui la faute ? Est-ce au public, aux directeurs ou aux artistes ? C'est à tous les trois ; et voici comment : (C.)

1863

Les Priviléges.

Les villes accordent-elles les priviléges aux directeurs solvables et dont la réputation d'honorabilité est établie? Non !

Le plus ordinairement, le privilége s'accorde au directeur qui signe le cahier des charges sans restriction. Et quels sont les articles de ce redoutable cahier des charges ? Quelques-uns comme ceux-ci :

La ville de B*** a que les jours où telle société donne des fêtes à son Casino, le directeur ne doit pas donner de représentation.

A C***, l'éclairage étant donné comme subvention, le directeur ne peut pas exiger le gaz avant que la pression soit donnée pour la ville.

A M***, la ville se réserve la salle du théâtre deux fois par mois pour concerts ou représentations d'amateurs.

A T***, l'éclairage étant donné par adjudication par la ville, le directeur doit payer telle somme, qu'il s'éclaire peu ou beaucoup, et même pas du tout.

Et cent autres conditions dans le même genre et dont je ne me rappelle pas, mais que tout directeur qui tient à ses intérêts voudra supprimer.

Quant au signataire du cahier des charges, fera-t-il de bonnes affaires ? Peu importe ! Ce dont on s'occupe, c'est qu'il a promis une troupe de grand-opéra en plus d'une troupe d'opéra-comique, ou une troupe d'opéra-comique en plus d'une comédie.

A N***, qui cependant est une ville d'ordre, on fait faillite presque tous les ans ; et, malgré cela, la ville a toujours les mêmes exigences et ne veut pas augmenter sa subvention.

Le directeur qui augmente sa troupe d'opéra-comique d'une troupe de grand-opéra, doit par conséquent diminuer les appointements, afin de ne pas dépasser les ressources offertes par la ville, et n'a que des artistes médiocres ; de plus, si d'un côté il augmente le personnel, de l'autre il doit le diminuer en supprimant une bonne partie des petits emplois ; de sorte que l'on voit jouer *Robert le Diable* et *les Huguenots* avec tout le personnel indispensable pour les rôles, mais en revanche avec cinq ou six malheureux comparses pour les chœurs.

De là découle une source de conséquences funestes pour les directeurs qui viennent succéder à ce directeur trop zélé, qui le plus souvent n'a pas fait ses affaires. Aux offres raisonnables qu'ils font à la ville, on leur répond par des exigences démesurées, en invoquant que l'année précédente on avait du grand-opéra, et quel opéra, mon Dieu ! Il est vrai que j'ai souvent entendu dire, par certaine partie du public qui a la prétention d'être éclairée, qu'elle préférait entendre un opéra mal chanté qu'une belle et bonne comédie bien jouée. Que voulez-vous... On va entendre un opéra pour faire du genre.

Quant aux villes d'arrondissement, que le directeur fasse de bonnes ou de mauvaises affaires, son itinéraire est tracé, il ne doit pas s'en écarter d'un jour. Un malheur quelconque aura jeté la ville où il se trouve dans le deuil et la consternation, le théâtre sera désert; alors le directeur, voyant sa ruine inévitable, voudra partir, changer de ville. Erreur, chimère! il doit rester quand même, son itinéraire le lui prescrit, et sa ruine n'est pas une raison valable; car on a vu pendant près de dix ans M. D..., et pendant trois ans M. H..., directeurs à B***, ne payer ni artistes, ni fournisseurs, et malgré cela, leur privilége leur a toujours été conservé. Pourquoi? C'est un mystère!

Mais lorsque ces directeurs se présentent pour solliciter un nouveau privilége, et que soit un artiste et même un directeur, quoiqu'on dise que les loups ne se mangent pas entre eux, s'empressent d'informer les autorités que M. X... a une réputation quelque peu douteuse, on vous répond avec raison: Mais il a été directeur dix ans dans telle et telle ville; comment voulez-vous qu'il y soit resté si longtemps; ce ne peut être qu'un homme capable, donnons-lui la préférence sur monsieur un tel, solvable, il est vrai, mais qui n'a été directeur qu'une année.

C'est ce qui arriva à M. C..., sollicitant la direction de B***, car le privilége fut accordé à M. G...; directeur de C***, qui, quatre mois après, laissait la ville veuve de spectacle en abandonnant la direction.

Et voilà comment les villes entendent les priviléges. Avis aux amateurs, et qu'on se le dise!

Le Directeur.

Comment certains directeurs entendent-ils l'exploitation théâtrale? Est-ce une entreprise artistique? Je ne crois pas; une spéculation d'argent? Je le crois; et souvent une spéculation honteuse, je n'ose le dire! et je m'explique:

Comment un de ces directeurs compose-t-il sa troupe? Est-ce en cherchant à réunir le plus possible de talents? Pour les hommes, peut-être, et encore c'est le moins cher qui l'emporte; quant aux artistes dames, on voit des directeurs s'enquérir peu si la femme qu'il engage peut tenir son emploi, mais si elle est fille, mariée ou veuve; car, à son point de vue, quelle est celle qui attirera le public? Non pas celle qui a du talent, mais bien celle qui aura le plus d'adorateurs; et, à ce propos, je connais certains directeurs et certains correspondants qui n'engageront jamais des artistes mariés pour leur troupe. Si je n'ai pas dit vrai, qu'ils me démentent.

Maintenant, admettons que la troupe, composée, arrivée à destination, ait terminé les débuts, comment entend-t-on la direction théâtrale? *En brûleur.* Eh! mon Dieu, oui, pas autrement; peu importe que les pièces aillent bien ou mal, qu'elles ne soient pas sues par les artistes; ce qu'il faut, c'est du nouveau, du nouveau toujours, quand même. Le directeur fait-il des frais pour ces pièces, du tout; il n'osera pas s'y aventurer. Quant à la ville, les fera t-elle, ces dépenses et ces frais? Encore moins; mais qu'importe! c'est un titre, une affiche; et, bien vite, on en remonte une autre de la même manière; de sorte que les nouveautés, même d'opéras, ne font qu'une recette, parce qu'on s'est contenté de ce que le théâtre possédait, que ce soit beau ou laid, vieux ou neuf.

Pour citer un fait à l'appui, j'en appellerai aux artistes qui étaient, en 1857-1858, à V***, qui diront avoir vu, au second acte d'*Haydée*, le vaisseau dans une forêt, parce que le théâtre ne possédait pas de toiles d'air, et que ni le directeur, ni la ville, ne voulaient faire cette dépense; et cependant, depuis au moins vingt ans on y chante l'opéra.

Joignez à cela les directeurs, pour leur amour-propre, jouant la comédie, qui ont un répertoire de leur emploi et qui n'en sortent pas; puis ceux qui ont une femme, une fille ou une maîtresse qui joue un premier emploi, et qui au bout d'un certain temps s'étonnent de ne plus attirer le public, parce qu'ils l'ont rassasié, énervé, en se mettant toujours en avant.

Aussi, à part quelques exceptions près, voilà la manière d'exploiter le théâtre en province.

Le Répertoire.

On se plaint de la pénurie du répertoire! A qui faut-il attribuer cela? D'abord, un peu à nos auteurs de Paris, qui produisent très peu de pièces pour la province depuis quelques années; ensuite, beaucoup à la manière d'exploiter; car il y a bien des villes d'opéra et de comédie où certaines pièces n'ont pas été jouées depuis longtemps, et des nouveautés qui ne l'ont pas encore été, par la raison majeure que personne n'ose se risquer à faire les dépenses voulues.

Dans d'autres villes, c'est telle ou telle chose qui manque: orchestre insuffisant, chœurs trop peu nombreux, ou le ténor et la chanteuse qui ont sur leurs engagements qu'ils n'apprendront que tant de nouveautés dans l'année.

On ne tient aucun compte de toutes ces entraves apportées à la marche du répertoire, et l'on s'écrie: Il n'y a plus de pièces, il n'y a plus rien! Que l'on joue seulement le répertoire courant comme on devrait le jouer, que l'on reprenne certains succès oubliés, et le résultat sera satisfaisant, j'en réponds d'avance.

Les Autorités.

Ici, je me restreindrai, car on hésite toujours à s'attaquer à ceux qui sont placés trop au-dessus de soi; mais bien des directeurs diront que leur privilège accordé et signé par le Ministre, ils sont

souvent contrecarrés, lézés même, en ne trouvant pas l'appui qu'ils
devraient trouver près de Messieurs les Préfets et de Messieurs les
Maires, qui loin de protéger le directeur et de chercher à rendre
le théâtre de leur ville florissant, s'attachent au contraire, en raison du *parti* auquel ils appartiennent, à en précipiter la chûte !
Mais, sur ce chapitre, je connais des directeurs qui en savent plus
long que moi ; qu'on les interroge, on verra ce qu'ils répondront.

Les Débuts.

On a supprimé, modifié les débuts ; s'en trouve-t-on mieux ? Je
ne crois pas, surtout dans certaines villes où les débuts se prati-
quent d'une façon tout à fait étrangère au théâtre, et voici comment :

Avant l'ouverture de la saison théâtrale, et pendant les dix ou
quinze jours de répétitions préparatoires, Messieurs les gandins de
l'orchestre et des avant-scènes ont été présenter leurs hommages
à la jeune première ; ils ont été bien accueillis : cette jeune première est reçue d'avance. D'autres ont été chez la dugazon, qui les
a évincés ; son sort est arrêté : à son entrée en scène, on est con-
venu de lui trouver tel ou tel défaut ; bref, elle est rejetée.

A N***, par exemple, je défie à des artistes mariés de réussir
par leur talent, fût-il hors ligne ; à moins, cependant, que le mari
ne soit un mari... complaisant.

D'autres font une opposition systématique, convaincus que si
cinq ou six sujets ne sont pas rejetés, la troupe ne peut pas être
bonne ; aussi, certains directeurs, qui connaissent cette manie du
public, engagent pour les débuts cinq à six artistes médiocres et
les servent comme pâture aux abonnés, qui s'empressent de les
faire tomber.

Dans d'autres villes, où l'admission des artistes se fait par le vote
des abonnés, si vous avez le malheur de déplaire à certaine personne, votre sort est arrêté d'avance : ici, il faut prendre pension
chez monsieur un tel ; là, se loger chez madame une telle ; fré-
quenter le café des abonnés, saluer celui-ci, s'habiller chez celui-
là, ou sinon vous ne réussirez pas.

De leur côté, les artistes qui connaissent cette manière de pro-
céder aux débuts commencent, en arrivant dans une ville, non
pas à faire des études sérieuses sur leurs rôles de débuts, mais à
se faire le plus possible d'amis et de partisans ; les uns sont d'une
société quelconque et exploitent leur confraternité pour se faire
recevoir, d'autres par mille moyens s'emparent de la presse locale
et persuadent le public de la valeur de leur talent.

Le vrai public qui est étranger à toutes ces manœuvres, à toutes
ces intrigues, ne voit qu'une chose juste : son jugement ; de sorte
qu'à son tour, il se voit forcé de faire de l'opposition, du bruit
même, pour ne pas servir la coterie et la cabale.

Et quel est le résultat ? C'est qu'on vient au théâtre le premier mois parce qu'on y trouve des émotions en dehors de la scène, mais que le reste de l'année on s'abstient, parce qu'on finit par s'apercevoir que la troupe est faible ou mauvaise.

Finalement, je ne crois pas que les débuts servent à grand chose, puisqu'un article de nos engagements dit que, malgré l'acceptation de l'artiste par le public et les autorités, le directeur se réserve le droit de rompre l'engagement à la fin du premier mois, sans être tenu de donner ses motifs.

A part cela, voilà comment se font les débuts en province ; les lettres et les correspondances des journaux sont là pour confirmer ce que j'avance.

Les Engagements.

A part les directeurs, les correspondants, les artistes, et quelques tribunaux de commerce, quelqu'un d'étranger au théâtre a-t-il jamais lu les articles de nos engagements d'artiste ? Je ne crois pas. Je vais donc tâcher d'en disséquer quelques-uns des plus saillants, pour donner une idée de l'embarras où doit se trouver la jurisprudence théâtrale en matière de procès, et quels sont les droits et la sauvegarde d'un artiste vis-à-vis d'un directeur douteux.

Voyons celui-ci, un des plus importants :

Premier et dernier mois, moitié d'émoluments ;
Et la semaine sainte est sans appointements.
Dans le cas de cabale ou bien d'épidémie,
Et d'inondation, de guerre ou d'incendie,
Tous mes appointements me seront suspendus,
Sans pouvoir réclamer ceux-mêmes qui sont dus.

Sans compter ceux qui portent : *en cas d'insuffisance de recettes et de toute autre cause indépendante de la volonté du directeur;* ce qui renferme bien des choses. De sorte que si le directeur fait de l'argent, il vous paye, et s'il n'en fait pas, il ne vous paye pas ; de cette façon, ce n'est plus le directeur qui court les chances de l'entreprise, mais vous ; et qui est-ce qui empêche ? C'est lui, comme vous voyez ; c'est charmant..... pour lui.

Le directeur se réserve dix jours après l'échéance du mois pour le paiement.

Certes, un directeur, pour peu que ses recettes viennent à baisser, n'a pas toujours son argent disponible dans sa caisse ; il lui faut au moins quatre ou cinq jours pour écrire à son banquier, vendre quelques valeurs, enfin, réunir les fonds nécessaires au paiement. Mais à quoi ont servi et servent quelquefois ces dix jours ? A faire tort à l'artiste de dix jours de plus, et à donner au directeur insolvable le temps de se sauver ; le 9 il met la clef sous la porte, et le 10 vous vous présentez à la caisse.

Je me suis trouvé en présence d'un fait semblable à V*** où les

directeurs partaient en voiture pendant la représentation du 9,
au soir, et où plusieurs artistes voulurent quitter la scène pour
courir après eux, et les quarante jours d'appointements qu'ils em-
portaient. Eh ! bien, il nous fut répondu par l'huissier de MM. H. .
et R... qu'ils avaient jusqu'au 10, à midi, pour payer ; de leur côté,
les autorités nous ordonnèrent, d'avoir à ne pas quitter la scène,
ou sinon la police nous y contraindrait. Voilà à quoi servent les
dix jours ; et je fais appel à tous les artistes raisonnables, en est-il
un seul qui, le jour de l'échéance du mois, mettrait le couteau sur
la gorge du directeur, en fesant marcher les huissiers, si son directeur lui demandait un délai de dix jours pour le payer ? Non.

*Le directeur se réserve le droit de mettre les artistes en société
à la fin du premier mois; dans ce cas, l'artiste n'aura droit qu'à
une part alimentaire de soixante francs par mois, et le reste de
ses appointements lui sera payé au prorata, sur les bénéfices
des recettes.*

Vous êtes engagé, je suppose, aux appointements de cent cinquante francs par mois ; le premier mois, on vous paye intégrale-
ment ; mais aussitôt, le directeur vous met en société, sous pré-
texte qu'il fait de mauvaises affaires. Vous voulez répliquer, il n'y
a pas, c'est écrit, c'est signé ; on vous donne votre part alimentaire de soixante francs ; maintenant, c'est à l'intelligence du directeur à s'arranger de façon qu'il n'y ait jamais de bénéfice sur
les recettes, et le tour est joué. Qu'en dites-vous de celui-là ?

*L'artiste s'engage à apprendre cinquante lignes ou vers par
jour, et ce nombre sera doublé en cas d'urgence.* Il y a toujours
urgence !

A ce sujet, j'entendis un jour M. C... artiste de province, faire
cette réflexion : Il y a environ trente ans, j'avais sur mes engagements vingt-cinq lignes par jour ; pourrait-on m'expliquer comment la mémoire des artistes a doublé depuis ce temps ?

Je vais lui répondre. Il y a même ans, vingt ans, et même dix
ans, on montait les pièces et on les jouait quand elles étaient sues
et que les artistes étaient sûrs de leurs rôles ; mais, comme maintenant presque toutes nos machines fonctionnent par la vapeur,
on en a fait de même des mémoires d'artistes : On apprend à la
vapeur, on répète à la vapeur, on joue à la vapeur, on exploite à
la vapeur, et heureux, cent fois heureux quand on ne nous siffle
pas... à la vapeur.

*Je m'engage à chanter les chœurs, à paraître dans les pièces à
spectacle, lorsque je ne jouerai pas.*

D'abord, je crois qu'il n'est pas bien essentiel d'ajouter ces mots:
Lorsque je ne jouerai pas, car je doute qu'un artiste, jouant un
rôle dans une pièce, puisse en même temps jouer son rôle et paraître dans une escouade de soldats pour venir s'arrêter lui-même,
quoique cependant j'ai vu plusieurs fois des artistes, jouant un
rôle important dans une pièce, changer de costume et de physique
pour venir figurer dans un acte dont ils n'étaient pas, et cela pour
une économie de directeur, qui par ce moyen se dispensait de
payer des comparses.

Chanter les chœurs. Ici, c'est à propos des chœurs d'opéra, que presque tous les artistes chantent bien malgré eux, c'est vrai. Aussi, je demanderai au premier venu, fesant partie du public habituel d'un théâtre, si, lorsqu'il a vu monsieur le premier rôle. et mademoiselle la jeune première grimacer dans le *Caïd*, manœuvrer dans *les dragons de Villars*, il est disposé à l'illusion et à avoir confiance dans l'artiste qui viendra lui jouer, à la suite de cela, *d'Artagnan* ou *la Belle Gabrielle* ? Je ne crois pas.

Ensuite, croyez-vous que l'artiste qui s'est égosillé, et le mon'est pas de trop, car vous êtes quelquefois jusqu'à six pour chanter les chœurs d'un opéra en trois ou cinq actes, l'artiste, dis-je, doit être bien disposé pour venir jouer un rôle de huit ou neuf cents lignes, comme Buridan de *la Tour de Nesle*, ou Gabrielle de Belle-Isle ? Qu'en dites vous ?

A cela, les directeurs me répondront que leurs ressources ne leur permettent pas d'engager comme supplément de leur troupe. d'artistes d'opéra et de comédie, une troupe de choristes, et que, de plus, ils sont très rares. Ils ont raison, parfaitement raison. C'est donc aux villes à faire cesser cet état de choses, qui porte un grand préjudice à l'exécution des opéras, aussi bien que de la comédie, et de former des sociétés chorales à cet effet. Mais on chante bien en public, sur une place, dans une fête, un concours ou l'amour-propre est en jeu, et l'on ne chante pas sur un théâtre, en compagnie d'artistes, et ne devant paraître que sur un second plan ; voilà le mal !

A toutes ces objections, à propos des articles de nos engagements, j'entends des directeurs et des artistes dire : Mais il y a des tribunaux de commerce pour juger et défendre les intérêts ! C'est vrai ; mais quels tribunaux, non pas que je veuille attaquer l'honorabilité des gens qui en font partie, et qui sont pour la plupart des hommes d'une réputation et d'une probité inattaquables ; mais que peuvent juger, surtout en matière théâtrale, des épiciers en gros, des maîtres de forges, des marchands de farine. Franchement, avec toute la bonne volonté et toutes les capacités que peuvent avoir des hommes d'industrie et de commerce, il leur est difficile de statuer sur des questions ou souvent ce ne sont que des usages et des coutumes qui font loi ; ensuite, quel est l'obstacle le plus insurmontable en matière de procès d'un artiste avec son directeur ? L'argent, toujours l'argent. Il y a quatre-vingt-dix-neuf artistes, sur cent, qui n'ont pas toujours 150 ou 200 francs à débourser pour les frais d'un procès qui peut, par un malentendu, un mauvais avocat, un article mal expliqué, lui faire retomber sur le dos les frais et les dépens, sans compter la condamnation, quelque minime qu'elle soit.

Eh voilà quelles sont les garanties sérieuses de nos engagements. Aussi, quand l'artiste veut présenter quelques observations ou faire une réclamation, le directeur, le fesant assister à un nouveau festin de Balthazar, le terrifie toujours avec ces trois mots foudroyants : *Lisez votre engagement !!!*

Les Appointements.

Une personne qui, dernièrement, écrivait un article sur la question des théâtres, dans le *Messager*, disait que la crise théâtrale ne venait que d'une simple chose, *de ce que les artistes sont payés trop cher.*

Je suis certain que cette personne n'a jamais lu un engagement d'artiste, ni même entendu dire le chiffre de ses appointements, pour commettre une pareille erreur ; car, si l'artiste est trop payé, ou faudra-t-il donc qu'il en arrive ! Il me semble que les appointements sont déjà pas mal faibles comme cela.

Mais cette erreur me fût expliquée en me disant que sans doute l'auteur de cet article était employé dans les bureaux du ministère, au cabinet des théâtres. En voici la raison :

Chaque année, tous les directeurs envoient au ministère les noms, prénoms, âges, lieux de naissance et *chiffre d'appointements* de tous les artistes composant leur troupe ; mais il paraîtrait que, concernant les appointements, les chiffres sont généralement augmentés, et que les moindres chiffres sont presque toujours de 150 à 180 francs, tandis qu'en réalité l'artiste de comédie qui atteint ce chiffre est un premier emploi, et qu'un souffleur, un emploi d'utilité, varient de 60 à 80 francs au plus.

Je demanderai donc si l'artiste qui a les dettes de deux ou trois mois où il est resté sans engagement, les honoraires du correspondant, son voyage de retour à payer, peut faire honneur à ses affaires avec des appointements aussi minimes.

Cet abus est malheureusement encore plus fréquent pour les artistes dames. Qu'est-ce qu'un directeur peut avoir pour les 50 ou 60 francs qu'il donne ? Des femmes qui n'ont jamais joué la comédie, et qui se mettent au théâtre en désespoir de cause. C'est triste à dire, mais le mal qui a envahi Paris va gagner la province, et d'ici à six mois on passera aux exhibitions de jambes et de gorges.

Quant aux appointements des chanteurs d'opéra, et surtout des ténors, on en a assez dit, et je crois convenable de m'abstenir, puisqu'il est avéré et reconnu depuis longtemps qu'ils sont trop payés, et qu'un peu de diminution sur eux ne ferait pas de mal aux autres.

Or donc, que les personnes fesant partie des bureaux chargés de relever les tableaux de troupe, prennent des renseignements, et ils s'apercevront de l'erreur commise à l'égard des appointements des artistes de province.

L'artiste.

Les artistes concourent-ils personnellement à faire prospérer et à relever le théâtre ? Quelques-uns, oui ; la plus grande partie, non !

Comme je l'ai dit plus haut à propos des débuts et des appointements, le public qui voit mettre à découvert, par ceux-là mêmes qui devraient les cacher, les défauts, les vices, les intrigues, les pérégrinations de leur vie théâtrale, n'est pas très disposé à accorder son estime et relever dans son esprit un corps qui met toutes ses plaies à nu, qui le plus souvent s'abaisse lui-même ; ceux-ci font des fugues, ceux-là font des dettes ; il est vrai que, quelquefois, ce n'est que le résultat de mauvaises entreprises, et la faute première en est à la ville trop exigente ; car si le directeur ne peut pas payer, l'artiste ne paye pas, de sorte que ce sont les habitants des villes elles-mêmes qui en supportent les conséquences.

Mais, à côté de cela, combien d'artistes de *mauvaise foi*, de femmes... *suspectes* qui s'engagent à vil prix, parce qu'ils savent très bien qu'ils compenseront la faiblesse de leurs appointements par d'autres moyens.

Interrogez les habitants de n'importe quelle ville ; il n'en est pas une où il n'y ait eu quelque bassesse commise par certains artistes, quelque scandale causé par certaines femmes de théâtre. Franchement, est-ce fait pour inspirer la confiance et nous faire rendre notre place dans le sein de la société ? Je ne crois pas ; et de même qu'on devrait mettre de côté une bonne partie de directeurs douteux, on devrait en faire autant d'une bonne partie d'artistes hommes et femmes, qui déhonorent notre nom.

Le Correspondant.

Aborder cette question me fera peut-être bien des ennemis parmi les directeurs et les agents théâtrals ; mais qu'importe, j'ai entrepris une tâche, je dois aller jusqu'au bout, et je pense que les artistes me sauront gré de discuter un usage onéreux, qui lèze nos intérêts d'une façon tout à fait arbitraire : *Les honoraires.*

Toute peine mérite salaire, et je n'entends pas établir que les correspondants doivent former les troupes, entretenir des correspondances, payer des commis pour le plaisir de nous mettre en rapport avec les directeurs ; mais le droit de deux et demi pour cent, que nous payons en raison de la totalité de nos appointements d'une année, est-il juste ! Comment ! un artiste touche un mois d'appointements d'avance, sur lequel il doit en abandonner au moins la moitié pour les honoraires du correspondant ! et si, à la suite de ses débuts, il n'est pas accepté, il ne lui sera rien restitué sur les honoraires de toute une année qu'il aura payée d'avance au correspondant ! Que je paye un droit de deux et demi cent sur ce que j'ai touché, rien de plus juste ; mais payer le droit de ce que je n'ai pas touché et ne toucherai jamais, cela me semble hors le bon droit et la justice, et je serais curieux de consulter les lois à ce sujet.

Il est vrai que pour expliquer cela, beaucoup de correspondants remboursent et partagent avec le directeur la moitié des honoraires, après avoir tondu le pauvre artiste qui doit en passer par là.

D'autres engagent des artistes qu'ils savent incapables de tenir l'emploi dans la ville où ils les envoient, parce qu'ils auront à les remplacer, et par ce fait toucheront les honoraires deux fois pour une, quant ce n'est pas trois ou quatre fois.

Pour remédier à cela, je ne vois qu'un moyen, c'est que la Société des artistes dramatiques établisse une agence générale des théâtres. A cette proposition, j'entends la réponse suivante : La Société l'a déjà fait, et cela n'a pas tenu. A qui la faute ? A Messieurs les artistes, qui ont préféré aller chez les correspondants. Mais la Société a grandi depuis cette époque ; qu'elle continue le but philanthropique qu'elle s'est proposé, et ce qui a échoué une première fois, réussira cette fois, j'en suis sûr.

Que le droit d'engagement soit un droit fixe de dix pour cent, s'il le faut, payable en raison de la somme que vous touchez d'avance, et non pas, comme cela se fait actuellement, près de trente à quarante pour cent sur la somme que vous touchez, en raison de la totalité de vos appointements d'une année.

Messieurs les correspondants seront libres de maintenir leurs agences, en se conformant au taux de la Société ; tous, y gagneront, directeurs et artistes.

Mais ici je vais m'arrêter et passer au but que je me suis proposé, ayant l'intention de revenir en temps utile sur ce que je puis avoir oublié Je passerai donc à la réforme théâtrale en province, telle que je la crois possible, d'après les avis, raisonnements et renseignements que j'ai pu recueillir des personnes compétentes en cette question.

La Réforme théâtrale.

Les uns sont pour la liberté des théâtres, les autres sont contre. Lesquels ont raison ? C'est ce qu'on verra par la suite.

Pour moi, la seule chose possible et raisonnable, c'est une liberté d'exploitation, avec un nombre limité de directeurs ; et je développe mon système de réorganisation théâtrale en province, car pour ce qui concerne Paris, je me déclare incompétent.

Qu'il soit dressé un tableau de toutes les villes de France qui possèdent un théâtre, et qu'elles soient classées, d'après leurs ressources théâtrales en trois ordres.

Premier ordre : Villes sédentaires exceptionnelles, ayant pour la plupart deux théâtres, un pour la comédie, un pour l'opéra ; telles que Bordeaux, Marseille, Lyon, Toulouse, Strasbourg, Rouen, etc.

Second ordre : Villes principales pouvant alimenter une troupe d'opéra-comique, comédie, drame, vaudeville et opérette, telles que Versailles, Montpellier, Metz, Béziers, Boulogne, Brest, Dijon Limoges, etc., etc.

Troisième ordre : Villes n'offrant de ressources que pour une troupe de comédie, drame, vaudeville, telles que Moulins, Rochefort, Angoulême, Charleville, Beauvais, Mâcon, Pau, etc., etc.

Que les villes de premier ordre, je suppose au nombre de quinze, et qui peuvent soutenir des troupes sédentaires toute l'année, traitent de gré à gré avec leurs directeurs.

Que pour les villes de second ordre, je suppose au nombre de soixante, il soit nommé un nombre limité de quarante directeurs permanents.

Et pour les villes de troisième ordre, supposant toujours un nombre de cent vingt, par exemple, il soit nommé un nombre toujours limité de quatre-vingts directeurs permanents.

C'est-à-dire, pour les villes de second et de troisième ordre, deux directeurs sur trois villes.

Quant à la manière d'exploiter, elle est toute simple : Liberté pleine et entière aux directeurs, libres de rester tant qu'ils feront de l'argent, libres de partir dès qu'ils n'en feront plus, et d'aller dans une autre ville du même ordre, bien entendu.

Quant au système de deux directeurs sur trois villes, il est facile à comprendre qu'il arrivera forcément une clôture de trois mois par an dans chaque ville, sans que pour cela les directeurs cessent de jouer toute l'année, et que les directeurs voulant quitter la ville où ils seront, entrouveront toujours une sur trois de libre.

Quant aux débuts, ils deviennent inutiles : Une troupe qui ne plaira pas verra le public déserter, et le directeur quittera la ville pour faire place à un autre plus heureux.

Quant aux articles de vos engagements d'artistes, qu'ils soient revus, corrigés et arrêtés par un tribunal où seront admis à en discuter les clauses directeurs et artistes.

Que ces engagements ne puissent être altérés en ce qui regarde les conditions, sous des peines prévues par la loi.

Que tous les engagements soient faits pour onze mois au moins, avec le mois de début pour le directeur.

Que les demi-mois, les deux ou trois représentations pour le directeur, la semaine sainte, soient abolis complétement ; car du moment où vous travaillez, vous devez être payés.

Que les appointements des artistes de comédie soient augmentés, cela ne peut venir que des artistes eux-mêmes qu'ils maintiennent leurs prétentions à un taux raisonnable ; ils y arriveront.

Que le directeur qui suspendra ses paiements soit révoqué, et qu'un autre soit nommé immédiatement pour le remplacer.

Que la question des honoraires des correspondants soit *sérieusement* examinée.

Que le droit du cinquième qu'ont les directeurs sur les spectacles forains soit abolis.

Qu'il en soit de même du dixième pour les pauvres, que payent les directeurs ; cela comme compensation.

Voilà, je crois, la liberté des théâtres telle qu'on doit la comprendre.

Maintenant, cette réforme est-elle possible, sera-t-elle acceptée ? C'est ce que nous verrons.

Seulement, il me semble que le meilleur moyen d'arriver à bonne conclusion, et d'établir cette réforme sur des bases solides, serait de faire une assemblée générale au siège de la Société des artistes dramatiques, d'y établir un tribunal présidé par des hommes honorables et compétents en matière théâtrale, tels que MM. le baron Taylor, Camille Doucet, Auguste Maquet, Samson, Halanzier, etc., etc.; de former un jury composé de dix-huit personnes, trois auteurs compositeurs de musique, trois auteurs dramatiques, trois directeurs d'opéras, trois directeurs de comédie, trois artistes d'opéra, trois artistes dramatiques, et d'y discuter cette question. *Qu'on y pense !*

A propos de cette brochure.

Un dernier mot à propos de cette brochure, et ce dernier mot je l'adresse aux directeurs et aux artistes.

A la veille d'un événement d'où va dépendre l'avenir du théâtre, notre sort à tous, que les artistes principalement se réveillent de l'inaction et de l'indifférence où ils sont presque toujours lorsqu'il s'agit de leurs intérêts ; que directeurs et artistes se tendent la main pour défendre leur cause, et qu'ils demandent à être jugés par eux-mêmes dans cette grave question.

Nous sommes sous un règne ou le progrès marche à pas de géant, sous un prince qui protége les arts comme ils ne l'ont jamais été ; profitons-en : un moment aussi favorable ne se présentera peut-être plus. Dans quelques mois d'ici, cette réforme attendue paraîtra, et alors sera t-il trop tard pour réclamer ?

Répandez cette brochure, faites-la lire, discutez-la, réfutez-la ; dans chaque troupe vous trouverez un directeur ou un artiste capable de tenir une plume, de composer un article pour nos journaux de théâtre, de rédiger une pétition au ministre, et même à l'Empereur, puisqu'il nous accueille tous, grands et petits. Que ces pétitions soient signées par vous tous, sans distinction, et montrons à la société que, dans notre monde théâtral, il y a des hommes de cœur et d'intelligence.

Relevons la tête, et en avant !

Artiste dramatique.

DU MÊME AUTEUR :

Les Coulisses d'un Cabotin, prose et vers.
Les Nuits des Galeries Saint-Hubert, drame.
La Pologne martyre, chant patriotique.
Le Château de Bitremont, drame.
Les Étudiants de Wilna, drame.

————oo§oo————

www.ingramcontent.com/pod-product-compliance
Lightning Source LLC
Chambersburg PA
CBHW061528170626
46811CB00004B/1891